AF403325

LE
BAL MANQUÉ

ou

LES LEÇONS DE LA PROVIDENCE

DANS LA MALICE DES CHOSES

COMÉDIE EN TROIS ACTES

Par Madame C. JOANIN

LYON

BRIDAY, LIBRAIRE-ÉDITEUR

Avenue de l'Archevêché, 2

—

1874

LE BAL MANQUÉ

ou

LES LEÇONS DE LA PROVIDENCE

DANS LA MALICE DES CHOSES

———

Yth
1647

LE
BAL MANQUÉ

OU

LES LEÇONS DE LA PROVIDENCE

DANS LA MALICE DES CHOSES

COMÉDIE EN TROIS ACTES

Par Madame C. JOANIN

Rhône 175

LYON

BRIDAY, LIBRAIRE-ÉDITEUR

Avenue de l'Archevêché, 3

1874

PERSONNAGES

LAURE DE SAINT-ALBIN, jeune fille de 18 ans.

MARCELINE, sa femme de chambre.

LOUISON, paysanne.

BLANCHE, sœur de Laure, enfant de 10 ans.

LUCIENNE, domestique, cousine de Louison.

LE BAL MANQUÉ

LES LEÇONS DE LA PROVIDENCE DANS LA MALICE DES CHOSES

PREMIER ACTE.

Le théâtre représente une chambre; au milieu, une table guéridon, sur laquelle est déposé un écrin. — Dans le fond, à gauche, une table de toilette sans glace, un miroir portatif.

SCÈNE PREMIÈRE.

LAURE ET MARCELINE. (*Elles entrent.*)

Oh! quelle joie, Marceline, mes rêves de jeune fille vont enfin se réaliser ce soir. Aller au bal!... à un vrai bal... chez la maréchale... tiens, quand j'y songe, il me prend des envies de folle gaieté... Que mon oncle est bon!...

MARCELINE.

Monsieur a montré, en effet, beaucoup de

condescendance en vous permettant d'aller
à ce bal, malgré l'absence de votre tante...
Et c'est lui qui doit vous accompagner?...

LAURE.

Certainement!... Je sais qu'en cédant à
mes désirs, il a fait violence à la gravité de
son caractère... mais ce sacrifice aux capri-
ces de sa Laure ne me trouvera pas ingrate...
A propos, quelle heure est-il?...

MARCELINE.

Six heures, mademoiselle.

LAURE.

Pas davantage!... Que les minutes sont
longues, ce soir... et ma couturière qui ne
m'a pas encore apporté ma robe et tous les
accessoires qui l'accompagnent.

MARCELINE.

Je n'osais vous en parler, mademoiselle,
craignant de vous tourmenter... mais vraiment, je ne sais que penser d'un pareil retard?...

LAURE.

Ah! l'ennuyeuse chose que l'attente!...
Bah! nous avons trois heures devant nous...
N'est-ce pas, Marceline, elle ne peut me

manquer de parole?... Songe donc, un bal!..
mais c'est important!... Du reste, ce matin,
elle m'a encore donné l'assurance formelle
que tout serait prêt à temps.

MARCELINE.

Voilà ce que c'est que de s'adresser à la
couturière que la mode a mise en vogue...
si mademoiselle se fût contentée de sa tail-
leuse ordinaire, elle serait servie depuis
hier.

LAURE.

Le pouvais-je, Marceline?... Lorsque
Mme la maréchale me fit l'honneur de venir
m'inviter, elle voulut, en l'absence de ma
tante, se charger elle-même de tous les préparatifs de ma toilette, et c'est à sa couturière qu'elle a voulu confier le chef-d'œuvre
que tu vas admirer tout à l'heure... Mon
oncle, pour les emplettes à faire, lui a ou-
vert un crédit illimité.

MARCELINE.

Et probablement, elle en a usé en cons-
cience?

LAURE.

Comme tu le dis... rien n'était assez
beau... Je serai admirable!...

MARCELINE.

Vous l'êtes toujours, mademoiselle... et avec cela, cette bonne dame vous aime tant... vous lui rappelez sa fille si chère et si regrettée... Mais qu'il me tarde, mon Dieu, d'étaler cette magnifique toilette!... de poser sur votre jeune front cette coiffure de fleurs, moins fraîche, j'en suis persuadée, que les roses de votre teint.

LAURE.

Flatteuse!... ou sermoneuse... tu voudrais me faire entendre, peut-être, que le printemps n'a pas besoin d'être embelli!...

MARCELINE.

Vous devinez ma pensée, mademoiselle.

LAURE.

Pour aujourd'hui, ma chère, je ne serai point de ton avis... je veux parer ma jeunesse... elle n'en sera pas plus laide pour cela... Tiens, je veux te décrire mon costume... ce sera le moyen de me faire prendre patience... car je suis sur des charbons ardents.

MARCELINE.

Je le crois, et je commence même à partager votre impatience.

LAURE.

Imagine-toi, d'abord, un par-dessus taffetas rose... (*On sonne.*) — (*Avec transport.*) Oh ! ma toilette !... c'est ma toilette !.. cours, Marceline... cours... Ah ! ce n'est pas trop tôt... surtout, reviens vite.

MARCELINE.

Que mademoiselle soit tranquille, je ne la ferai point languir. (*Elle sort.*)

SCÈNE II.

LAURE (*seule*).

Cette pauvre Marceline... va-t-elle ouvrir les yeux tout à l'heure !... Et moi donc !... Comme déjà mon cœur bat avec force... Quel bel effet cette robe brillante va produire !... La coiffure sera ravissante... Quelle charmante chose d'avoir dix-huit ans !... Je ne suis plus traitée en enfant !... (*Elle va près de la porte et écoute.*) Que Marceline tarde donc !... Mon Dieu, mon Dieu !.. qu'y a-t-il ? (*Elle écoute plus attentivement.*) Je crois entendre des sanglots... Si j'osais j'appellerais... (*Toujours écoutant.*)

Oui, décidément on pleure... c'est passablement gai, je trouve, pour commencer... Ah! vilaine Marceline, me laisser si longtemps dans l'incertitude... c'est que je suis fort inquiète... pourvu que ce ne soit pas la couturière qui m'envoie dire qu'un malheur est arrivé à ma robe. Oh! si c'était cela!... (*Elle écoute de nouveau.*) Cette fois on vient!... mais je tremble.

SCÈNE III.

MARCELINE. (*Elle entre, l'air triste.*)

LAURE.

Eh bien! Marceline, qu'est-ce qu'il y a donc?

MARCELINE.

Ah! mademoiselle... un grand malheur qui est arrivé.

LAURE.

A ma robe de bal?

MARCELINE.

Plût au ciel que le malheur fût là!... il se réparerait facilement.

LAURE.

Mais de quoi s'agit-il donc?... Parle, mais parle vite...

MARCELINE.

Laissez-moi dire, mademoiselle; vous savez cette mère de famille qui vous a été recommandée la semaine dernière, à laquelle vous avez porté des secours, et qui vous a si fort intéressée; eh bien! elle est là...

LAURE.

Ah! c'est elle qui pleure... (*Elle réfléchit.*) Va lui dire, Marceline, qu'elle a mal choisi son jour; demain ou après-demain, je m'occuperai d'elle... mais ce soir... c'est impossible!...

MARCELINE.

Quand Mademoiselle m'aura laissé achever, peut-être en décidera-t-elle autrement?...

LAURE.

Si ça te tient tant à cœur, dis vite; mais c'est pour t'obliger que je t'écoute.

MARCELINE.

Mademoiselle se souvient que cette dame, née et élevée dans la classe opulente, s'est

vue, d'infortune en infortune, réduite à la
plus poignante misère... Son mari est mort
de chagrin il y a à peine trois mois... Aujourd'hui, un huissier est venu la prévenir
que demain matin, à cause d'une somme de
180 francs, qu'elle ne peut payer, on va sai-
sir le peu de mobilier et de linge qui lui
reste... Comprenez-vous ses angoisses !...
Que va-t-elle devenir, grand Dieu !... avec
sa fille, son unique enfant, au lit, dange-
reusement malade... Faudra-t-il quelle s'en
sépare... qu'elle l'envoie à l'hôpital ?..

LAURE (*visiblement contrariée*).

Voilà un tableau qui ne cadre guère avec
ma joie de tout à l'heure. On dirait que tu
prends plaisir à l'assombrir encore... Au
fait, j'en conviens, c'est très-malheureux...
mais que veux-tu que j'y fasse ?...

MARCELINE.

Lui porter quelques paroles de consola-
tion, d'espérance... lui remettre quelques
secours, afin qu'elle puisse faire face aux
exigences de la loi.

LAURE.

Mais me crois-tu donc capable de la
consoler, quand je suis moi-même dans

un état d'irritation extrême?... Va, Marceline, dis-lui que je déplore ce nouveau malheur... que demain, dans la soirée, j'irai
chez elle... Mais pour ce soir, qu'on me
laisse en paix... je l'exige.

MARCELINE.

Oh ! mademoiselle, que le plaisir, au lieu
de fermer votre cœur si compatissant d'ordinaire, l'ouvre au contraire davantage à la
pitié... Vous êtes si heureuse !... tandis que
d'autres gémissent...

LAURE (*impatientée, l'interrompant*).

Ce soir, Marceline, je vais au bal, et non
au sermon !... Va porter ma réponse, je
n'y saurais rien changer...

MARCELINE (*à part*).

Je ne reconnais plus mademoiselle. (*Elle
sort.*)

SCÈNE IV.

LAURE (*seule*).

Si je voulais visiter et consoler avant de
partir tous ceux qui pleurent, je devrais
certainement renoncer à mon bal !... Quelle

idée... Je monte assez souvent dans la mansarde du pauvre !... Ne pourrai-je donc un soir, un seul soir, m'appartenir... être toute à ma joie ?... (*Elle se promène agitée.*) C'est vrai que mon oncle a garni largement ma bourse... j'aurais pu envoyer un secours à cette malheureuse... C'est triste... sa fille mourante encore !... Je regrette... Si j'appelais... (*Elle écoute.*) On part... Après tout, j'irai demain... Je ne suis pas tenue, que je sache, à faire le sacrifice complet de ma personne... Supposons que cette pauvre femme ne me connaisse pas... elle s'adresserait à d'autres... Allons, secouons ces idées noires... Dans quelques heures, l'enivrement du bal... l'éblouissement des lustres, des diamants, des toilettes étincelantes... Que je vais être heureuse !... (*On entend du bruit.*) Ah ! voilà Marceline.

SCÈNE V.

MARCELINE *entre.* (*Elle est triste.*)

Il a bien fallu les ordres formels de mademoiselle, pour me résigner à renvoyer ainsi cette malheureuse mère.

LAURE.

Fais-moi le plaisir, Marceline, de quitter
cet air triste... Nous avons assez, ce soir, du
souci de nos propres affaires ; et pour commencer, sais-tu que je suis terriblement inquiète !... A quoi pense ma couturière ?...
C'est pourtant bientôt l'heure de m'habiller.
(*Elle se promène en donnant des signes
d'une vive impatience. On sonne.*)

MARCELINE.

Cette fois, mademoiselle peut se réjouir ;
pour sûr, c'est sa toilette.

LAURE (*joyeuse*).

Puisses-tu dire vrai !... Va vite, Marceline, donne une bonne étrenne au commissionnaire, et reviens en toute hâte. (*Marceline sort.*)

SCÈNE VI.

LAURE (*seule, s'approchant du guéridon*).

Voyons mon écrin... (*Elle regarde sa parure.*) Cette parure sera délicieuse : avec la
garniture de ma robe elle fera merveille !...
et je ne crains pas de voir la pareille, puis-

que l'orfèvre l'a montée à mon intention,
d'après un dessin que je lui ai donné moi-
même... Que c'est joli les bijoux !... Comme
ce bracelet fera ressortir la blancheur de
mon bras !... Ces boucles, à la lumière, jet-
teront mille feux... Madame la maréchale,
qui s'y connaît, m'a assuré que ma toilette
allait faire sensation... (*Elle écoute.*) Ah !
voilà... voilà cette fois !... (*Marque d'extrême joie.*)

SCÈNE VII.

MARCELINE *entre.* (*Elle tient un carton à la
main.*)

J'ai, mademoiselle, usé largement de votre permission à l'égard des étrennes... Ce
pauvre garçon est sur les dents à cause de
la soirée de madame la maréchale. (*Elle
essaie de détacher le carton.*) Ce qui l'a
mis en retard, c'est un costume travesti
qu'il vient de porter au chemin de fer de
Grenoble, et qu'on doit attendre à la gare
de cette ville, à minuit.

LAURE.

Que m'importe la cause !... J'ai ma toilette et suis au comble de mes vœux.

MARCELINE. (*Elle ne peut détacher le carton.*)

Quelle utilité, mon Dieu, d'avoir ficelé si
solidement ce carton?... J'ai toutes les peines
du monde à le détacher.

LAURE. (*Elle donne des ciseaux à Marceline.*)

Tiens, Marceline, coupe, déchire s'il le
faut; mais dépêche-toi, de grâce !

MARCELINE. (*Elle ouvre le carton, elle regarde avec Laure, et toutes deux jettent
un cri d'étonnement.*)

Un masque !... (*Riant.*) A quoi donc a
pensé votre couturière ?

LAURE.

Ce n'est certainement pas moi qui l'ai
commandé... il sera tombé là par hasard.
Pourvu qu'il n'ait pas froissé ma coiffure !...
(*Marceline sort successivement du carton : un bonnet, une veste et un pantalon
de pierrot... Stupéfaction de Marceline
et de Laure, laquelle se laisse tomber sur
une chaise.*)
Ah ! mon Dieu ! mon Dieu !...

MARCELINE.

Mais c'est un costume de pierrot !... En vérité, qu'est-ce que cette mystification ?...

LAURE.

Et dans quel but, dis-moi, vient-on ainsi se jouer de moi ?...

MARCELINE. (*Elle regarde l'adresse du couvercle.*)

C'est pourtant bien votre adresse, mademoiselle. (*Elle regarde au fond du carton, et trouve une lettre, et la montrant à Laure.*) Si mademoiselle veut se donner la peine de lire cette lettre, elle aura peut-être la clef de l'énigme.

LAURE. (*Elle lit l'adresse de la lettre.*)

« A Madame de Belmont, rue du Passant, à Grenoble... » Mais pourquoi cette lettre dans mon carton ?...

MARCELINE (*réfléchissant après avoir examiné le couvercle du carton*).

Oh ! j'y suis, mademoiselle : les cartons étaient de semblable grandeur ; dans la précipitation, on a changé le couvercle... Voyez plutôt (*elle montre le couvercle de couleur différente que le carton)* que ce couvercle n'appartient pas au carton... et le commissionnaire s'en est rapporté à l'adresse.

LAURE.

Oui... oui... je comprends... Mais que faire, Marceline, que faire?...

MARCELINE.

Hélas ! mademoiselle, votre carton roule dans ce moment à grande vitesse sur Grenoble... Je ne vois pas le moyen de lui courir après.

LAURE (*consternée*).

C'est avoir du malheur, tu en conviendras ! et pas de remède !... Ah ! ma soirée !... (*Elle pleure.*)

MARCELINE.

Le chagrin de mademoiselle me navre !... Si elle voulait suivre mon conseil?...

LAURE.

Ah ! parle, Marceline, donne - moi ton idée.

MARCELINE.

Que mademoiselle mette tout simplement sa robe blanche...

LAURE (*interrompant Marceline*).

Y penses-tu, Marceline!... C'était bon quand j'étais toute petite, que j'allais à une Sainte-Catherine... Mais à un bal... chez Mme la maréchale!...

MARCELINE.

Je ne connais pas d'autre remède à la fâcheuse méprise qui fait deux victimes à la fois... Que mademoiselle se souvienne, du reste, qu'il n'avait été question, tout d'abord, que d'une simple toilette blanche que j'avais même préparée à cet effet, fort heureusement encore !...

LAURE.

Hélas ! je suis bien forcée de me rendre... je n'ai pas le choix des expédients... Mais quelle déception !... Ma toilette qui devait avoir tant de succès !...

MARCELINE.

Mademoiselle se lamenterait jusqu'à demain que cela ne servirait à rien absolument... Le plus sage est d'en prendre bravement son parti,... d'ailleurs le temps presse, et, laissez-moi vous le répéter, la jeunesse n'a pas besoin d'atours... Vous se-

rez très-bien dans votre simplicité, j'en ré-
ponds, moi...

LAURE.

Merci, Marceline, de tes consolantes paroles... Néanmoins, c'est fort heureux que
ma jolie parure ne voyage pas de compa-
gnie avec le reste. (*Elle prend la parure et
la lui montre.*) Regarde,... que c'est joli!...
Il faudra bien cela pour relever le trop simple de ma robe de mousseline.

MARCELINE.

Il faut que dans une heure mademoiselle
soit prête à monter en voiture... nous n'a-
vons pas de temps à perdre... Venez, mademoiselle.

LAURE.

(*Elle jette les yeux sur sa parure, l'étale
sur la table avec complaisance.*)
Je te suis, Marceline. (*Elle sort.*)

DEUXIÈME ACTE.

Un bouquet de bal est déposé dans un vase sur la table de toilette. Sur le guéridon, deux éventails.

SCÈNE PREMIÈRE.

BLANCHE. (*Elle entre tenant une poupée, et lui parle gravement.*)

Convenez avec moi, Lili, que c'est fort ennuyeux d'être petite fille... Il faut avoir une gouvernante sévère... apprendre à lire, à écrire, à chiffrer... Oh! surtout à chiffrer... Toutes choses fort difficiles... Je ne vous causerai jamais ce chagrin, mignonne, je vous aime trop... (*Elle embrasse sa poupée.*) Ensuite il faut toujours obéir, ne jamais commander... Si nous étions grandes toutes les deux, nous n'aurions plus de leçons, plus de pénitences et plus de gouvernante,... nous serions comme Laure, nous irions au bal... Ah! mais un vrai bal, et non pas de petites dansettes qui sont toujours bonnes pour nous... et pour lesquelles on ne se

donne pas la peine de consulter les coutu-
rières, les bijoutiers, les fleuristes ; que sais-
je encore ? Eh bien ! moi, Lili, je trouve que
vous êtes assez grande demoiselle pour aller au bal... Vous avez votre belle robe de
soie rose, vos souliers de satin, votre jupon
garni de dentelles... Il ne manque que
votre collier de perles pour que vous soyez
adorable ! comme dit la maréchale à Laure.
(*Elle cherche, s'approche de la table et ap-
perçoit les bijoux.*) Oh !... quelle bonne fée
m'envoie tout cela ?... Que c'est brillant !...
Serez-vous belle !... (*Elle met les bijoux à la
poupée en collier, en ceinture, en coiffure.
— La regardant avec amour.*) Adorée !...
que je vous embrasse... J'ai un projet, je
vais te le confier en secret... Quand Germain
aura attelé, je te porterai en cachette dans
la voiture, tu partiras au bal avec Laure... Et
elle ne sera pas peu surprise en arrivant de
te voir, à ses côtés, si belle !... Il faudra bien
qu'elle te porte sur ses bras... Tout le monde
t'admirera, et, demain, tu me diras ce que tu
auras vu, combien de fois tu auras dansé ;
(*On entend appeler : Blanche !... Blanche !...*) mais pour cela il faut que je réus-
sisse à ne pas me coucher encore. (*On ap-*

pelle de nouveau: Blanche !... Blanche !...
Ah ! cette vilaine Louison qui m'appelle...
Comme je ne veux pas qu'on t'aperçoive, je
vais commencer par te cacher, je verrai ensuite
ce qu'on me veut. (*Elle sort avec sa poupée.*)

SCÈNE II.

LOUISON (*Entrant*).

Mam'zelle Blanche !... mam'zelle Blanche !... (*Avec surprise.*) Je croyons l'avoir
entendue par ici... je m'sommes trompée...
Pardine, et pis, le moyen d'pas s'tromper dans
c't'enfilade de belles chambres, qu'y aurait
ben d'quoi loger tous les gens d'not'village !...
J'avions entendu not'maître d'école que di-
sions, un jour, qu'avait sept merveilles dans le
monde !... Ah ! ben... s'il avait vu ce qu'je
voyons, il en aurait ben trouvé davantage.

SCÈNE III.

BLANCHE. (*Elle arrive en courant. Elle
tient un tricot à la main*).

Que voulez-vous, Louison ? Vous m'avez
appelée tout à l'heure.

LOUISON.

Y est ben vrai, mam'zelle, je voulions
vous coucher.

BLANCHE (*à part*).

Je m'en doutais... (*Haut.*) Pourquoi me
coucher si tôt, s'il vous plaît ?...

LOUISON.

Marceline m'en avions donné l'ordre...
Elle est si occupée avec mam'zelle vot'sœur,
qu'i désirions vous voir dormir au plus tôt.

BLANCHE.

Oui... Mlle Laure va au bal, et nécessaire-
ment il faut se débarrasser d'une si petite
fille que Blanche !... comme si je n'aimais
pas à danser tout aussi bien que les grandes
demoiselles, et voir les belles toilettes...

LOUISON.

Allons, soyez raisonnable, mam'zelle...
Venez vite.

BLANCHE.

Est-ce que vous seriez venue, par hasard,
pour être ma bonne ?...

LOUISON.

J'ons pas tant d'chance !... Je sommes

une payse à Marceline, qu'est assez complaisante pour me chercher une place ousque je pourrions me mettre au courant du service. En attendant je remplacions vot' bonne pour les commissions, pis qu'elle étions malade.

BLANCHE (*câlinant Louison*).

Ma petite Louison!... si vous vouliez me laisser encore un moment ici, je vous promets de vous prendre pour ma femme de chambre quand je serai grande... Ce sera bien gentil... quand j'irai au bal, vous m'habillerez.

LOUISON.

Ce sera ben pour moi trop d'honneur et de plaisir, mam'zelle... mais en attendant, faut q'j'obéisse à Marceline.

BLANCHE.

Obéir!... obéir!... C'est bon quand on est petite d'obéir... et encore!... Bonne Louison! je ne vous demande qu'un quart d'heure, le temps d'aller chercher ma poupée et de l'habiller... Tenez, voulez-vous que je vous embrasse? (*Elle l'embrasse.*)

LOUISON.

Vous êtes brave comme les anges du bon

Dieu!... C'est-y ben possible de vous refuser queuqu'chose !...

BLANCHE.

Je suis de votre avis, Louison ; ce n'est pas possible... (*Elle lui donne son tricot.*) Tenez, mon tricot est tout bousillé, je serai grondée demain, rangez-le moi, oh! s'il vous plaît!... Asseyez-vous ici. (*Elle la fait asseoir dans un coin de la scène.*) Sitôt que vous aurez remis en ordre mon ouvrage, je me laisserai emmener coucher, je vous le promets. (*Elle l'embrasse, et dit à part en sortant.*) Si je ne me couche que lorsqu'elle sera venue à bout de mon tricot, je passerai la nuit.

SCÈNE IV.

LOUISON (*seule et fort embarrassée d'un ouvrage où elle ne comprend rien*).

M'est avis q'j'ne comprends pas grand' chose à ce tricot-là... qu'al'drôle d'manière de faire les bas dans c'pays!... Ce petit ange, qu'étions un vrai démon, n'est pas encore au lit, si elle attend pour cela que j'li ayons réparé son bas. (*Elle regarde le tricot d'un air hébété.*) Qué curiosité !...

SCÈNE V.

BLANCHE. (*Elle rentre avec sa poupée et tout ce qu'il faut pour l'habiller.*)

Me voilà déjà, j'aurai bientôt fait... soyez tranquille... (*A part, en allant s'asseoir à l'opposé de Louison, et lui tournant un peu le dos.*) L'essentiel est que Louison n'aperçoive pas la toilette de ma poupée, elle pourrait me vendre. (*Elle habille sa poupée.*)

LOUISON (*de sa place*).

Vous m'avez baillé une besogne, mam'zelle!.... Que diantre si j'y comprenons tant seulement la première maille!... C'est-y des bas pour des jambes?...

BLANCHE (*plus occupée, pendant tout le dialogue, de sa poupée que de sa conversation avec Louison, répond toujours d'un air distrait*).

Vous parlez des Landes... Est-ce votre pays?

LOUISON (*de son côté aussi, paraît plus oc-*
cupée de son ouvrage que de ce que Blan-
che lui dit).

Dans mon pays, ousque les femmes trico-
tent si bien, j'nons jamais rien vu de pareil.

BLANCHE (*à sa poupée*).

Quelle ravissante robe!... comme dirait
ma sœur. (*A Louison.*) Vois-tu la mer dans
ton pays?

LOUISON

Hélas! y a ben douze ans qu'elle est dans
le ciel! (*A part et considérant son tricot.*)
Par quel bout commencer?...

BLANCHE (*riant*).

La mer dans le ciel!... Ah!... ah!... ah!...
je ne suis plus étonnée de voir, tant de jours
pluvieux... (*A sa poupée, et à part.*) Votre
tête droite, Lili!...

LOUISON.

Le plus vieux c'était mon père, y vit toujours le brave cher homme, mais il est es-
tropié. (*A part.*) Y a d'quoi suer à c'te besogne!...

BLANCHE (*distraite*).

Vous parlez de pied... mais non, il n'y a
pas de pied à ce tricot, Louison!... (*A sa*

poupée.) Prenez l'air plus majestueux, belle
demoiselle !

LOUISON (*étonnée*).

Un bas sans pied... sans pied !...

BLANCHE.

Vous voulez dire cent lieues de là-bas
chez vous... on ne parle jamais de pied pour
désigner la distance d'un pays à un autre.
(*A sa poupée.*) Soyez moins raide, jeunesse !... (*A Louison.*) Quoique bien petite,
je suis assez savante, allez, pour savoir bien
des choses !... Votre pays est dans quel département ?

LOUISON (*cherchant et hésitant*).

Dépar... d'apar... d'z'apartements... oh !
n'i en n'a qu'chez not'curé et chez m'sieu le
maire, qu'a z'aussi un beau moulin.

BLANCHE (*occupée de sa poupée n'entend
que le dernier mot*). — (*A sa poupée.*)

Au tour des diamants... Quel luxe !...
(*A Louison.*) Moulins, dites-vous?... Ah !
Moulins... c'est le chef-lieu du département... du département... (*elle cherche*) je
n'en sais rien !... Le chemin de fer passe-
t-il... (*Elle s'interrompt brusquement : elle*

a laissé tomber un bijou, elle le ramasse et le regarde inquiète.) Maladroite !...

LOUISON (à qui ce jeu échappe).

On ne repasse guère cheu nous, c'est pas l'habitude... J'savons pas me servir du fer.

BLANCHE.

Dans ton pays on est bien arriéré, ça m'en a tout l'air ! (*Elle a terminé la toilette de sa poupée, elle se lève.*)

LOUISON.

Oh ! pour de l'air, nous n'en manquons pas... C'est tout n'en haut, tout n'en haut d'une montagne... (*On entend sonner. Blanche, effrayée, prête l'oreille.*)

BLANCHE.

Que j'ai eu peur !... Mais je n'entends rien encore. Louison, descendez voir un peu ce qui se passe, et accourez me prévenir si l'on vient de ce côté... Surtout ne dites à personne que je suis encore levée...

LOUISON.

Ah ! que je m'en garderions bien, mam'zelle !... Je serions la toute première grondée. (*Elle lui rend son tricot.*) Eh bien ! v'là vot'bas, je n'y ons rien compris.

BLANCHE (*riant*).

Ah !... ah !... ah !... je crois bien ; c'est une couverture et non pas un bas, naïve !... Allez vite. (*Louison sort.*)

SCÈNE VI.

BLANCHE (*seule ; elle regarde avec complaisance sa poupée*).

Ma chère, tu es superbe !... cependant il te manque quelque chose... oui, quelque chose d'indispensable quand on va au bal : c'est un bouquet... On en a apporté un superbe ce matin à Laure... si seulement je le trouvais, j'y prendrais quelques fleurs, ça n'y paraîtrait pas... (*Elle cherche et aperçoit le bouquet.*) Oh! ma Lili, tout marche à souhait... vois donc le beau bouquet !... qui m'empêche de t'en faire un joli, bien mignon... (*Elle examine le bouquet.*) Il y a là, au milieu, de petites fleurs ravissantes... (*Elle pose délicatement la poupée sur une chaise et défait le bouquet sur le guéridon.*) C'est qu'il sent très-bon !... que de fleurs, mon Dieu !... je n'arriverai jamais au bout...

encore... toujours... mais toujours !... Oh !
si l'on venait... (*Elle prend les fleurs du
milieu, en fait un petit bouquet, le porte à
côté de sa poupée, puis revient pour refaire
le gros.*)Voyons, que je te refasse... c'est que
ce n'est pas facile !... (*Elle entend des pas,
prend précipitamment toutes les fleurs,
sa poupée, se sauve à la hâte, et laisse
tomber quelques tiges.*)

SCÈNE VII.

LAURE (*seule ; elle entre habillée de blanc*).

Je respire !... plus rien à peu près ne manque à mes ajustements. C'est que j'ai si peu
de temps à moi !... et je serais désolée si j'ar-
rivais trop en retard... (*Elle s'approche de la
table sur laquelle sont déposés les deux
éventails.*) Voyons... lequel des deux éventails vais-je prendre ?... Oh ! il n'y a pas à hé-
siter, celui-ci est trop simple, il ne serait pas
en harmonie avec ma parure de diamants...
Il me faut absolument cet autre bien plus
riche que j'ai reçu de Paris... Comme ces
paillettes feront un joli effet, quand je le
balancerai gracieusement !... (*Elle le ba-*

*lance, le ferme, et, le posant sur la table,
elle le laisse tomber. — Poussant un cri.)*
Oh ! mon éventail !... s'il allait être cassé !

SCÈNE VIII.

MARCELINE *(entrant).*

Qu'avez-vous, mademoiselle ?... j'entends
des exclamations de détresse...

LAURE.

Oh ! mon Dieu, s'il te plaît, Marceline,
regarde mon éventail... je n'ose le relever...
*(Marceline relève l'éventail et le remet à
Laure.)* Oh ! mais il est cassé... et d'une fa-
çon !... vois, quel malheur !... Encore une
nouvelle contrariété !... Je tenais tant à cet
éventail ! *(Avec tristesse.)* Allons, me voilà
forcée de prendre cet autre tout blanc... Il ne
produira aucun effet,... tandis que l'autre !...

MARCELINE *(l'interrompant).*

Que mademoiselle se console... ce n'est
qu'un détail !... L'important, c'est de termi-
ner au plus vite votre toilette... le temps
presse, et, si vous le voulez bien, nous allons
vous parer de vos bijoux... Où sont-ils ?...

LAURE (*contrariée*).

Sur la table... (*A part.*) Décidément je dois renoncer à mon éventail... c'est désolant!... (*Venant près de Marceline qui cherche et ne trouve rien.*) Commençons par mes boucles.

MARCELINE.

J'ai beau chercher, je ne trouve rien... Voyez, mademoiselle...

LAURE.

Es-tu aveugle, Marceline ; je les ai laissés sur la table, il y a à peu près une heure... (*Elle s'approche et cherche.*) Mais.. je ne me trompe pas... non, je les ai bien laissés là!... Toutes ces contrariétés me font perdre la tête!... Que faire, grand Dieu!... que faire?... Je ne les ai pas posés dans mon cabinet de toilette... Tu étais avec moi, Marceline ; t'en souviens-tu?...

MARCELINE.

Je croirais pouvoir affirmer qu'ils étaient ici... mais je ne sais plus guère ce que je fais non plus... C'est vraiment la malice des choses, comme on dirait dans mon pays... Tout va de travers ce soir.

LAURE.

Cours donc dans mon cabinet, cherche partout.

MARCELINE.

J'y vais (*Elle sort en courant.*)

SCÈNE IX.

LAURE (*seule*).

Et si Marceline ne trouve pas ma parure... que faire?... (*Poussant un soupir.*) Ah! je me souviendrai de mon premier bal!... Que de soucis!... que de contrariétés!... D'abord cette pauvre femme, qui est venue, a commencé à jeter un voile de tristesse sur ma joie... J'ai beau faire, le tableau d'une misère si profonde ne peut s'effacer complètement de mon esprit... si au moins je lui avais remis de suite quelques secours, j'aurais le cœur plus content... Enfin, demain je réparerai tout cela... Bah! n'y pensons plus... (*Elle se promène fort agitée et heurte du pied quelques-unes des fleurs que Blanche a laissé tomber en se sauvant.*) Qu'est-ce que cela?... (*Elle ra-*

masse les tiges.) Des fleurs blanches!... d'où sortent-elles?... Ce sont des fleurs de serre... Mais... on dirait que c'est mon bouquet!... Voyons, où est-il?... (*Elle cherche.*) Disparu aussi!... (*Elle s'assied, réfléchit, et dit vivement en poussant une exclamation.*) Ah! j'y suis... mon Dieu, j'y suis!... c'est Blanche qui a fait tout cela...

SCÈNE X.

MARCELINE (*entrant*).

Mademoiselle, je n'ai rien trouvé...

LAURE.

Je le crois bien; tiens, Marceline, vois les débris de mon bouquet.

MARCELINE.

Mais qui a fait cela?

LAURE.

Tu ne reconnais pas la main de Blanche? Mes bijoux doivent actuellement parer sa poupée... sois en persuadée... Elle a aussi défait toutes les fleurs de mon bouquet pour composer une guirlande et des touffes pour sa Lili.

MARCELINE (*étonnée*).

Je ne sais vraiment pas comment expliquer... J'avais donné ordre de la coucher de très-bonne heure... Je vais aller l'éveiller et lui demander où elle a placé tout cela.

LAURE (*vivement*).

Garde-t-en bien, Marceline!... tu ne te souviens donc pas de la frayeur qu'elle nous a causée il y a deux mois à peine, après un réveil subit, comme serait celui d'aujourd'hui. Il fut suivi d'une convulsion qui la laissa plusieurs heures comme morte dans nos bras... Pauvre enfant!... Je ne voudrais pas, même au prix de mon bal, la revoir en cet état.

MARCELINE.

Alors, c'est fort malheureux qu'elle soit au lit.

LAURE.

On aurait dû défendre à Blanche l'entrée de cette chambre... Elle est venue y fureter... a pris ce qui lui a convenu, sans se douter, la chère enfant, qu'elle allait me causer tant de chagrin!...

MARCELINE.

Oh! certainement... on peut accuser, non

pas son bon petit cœur, mais seulement son
étourderie qui n'a d'égale que sa tendresse
pour sa Lili... Si encore on pouvait aller
chercher cette poupée?... Mais faire le moin-
dre bruit dans sa chambre, c'est l'exposer à
un réveil dangereux pour elle.

LAURE.

Hélas! que faire?... Je me vois obligée de
me contenter de mes bijoux de jeune fille...
Va, Marceline, va les chercher, apporte-
les à la hâte, afin que je choisisse les plus
jolis.

MARCELINE.

J'y cours, mademoiselle. (*Elle sort.*)

SCÈNE XI.

LAURE SEULE. (*Elle prend un miroir
et se regarde.*)

Comme je suis rouge !... ce qui m'arrive
n'est pas fait pour donner à mon visage
le calme et la pâleur que je voudrais avoir.
Quel ennui !... Heureusement la poudre de
riz va remédier à cet inconvénient... Voyons,
j'en ai là... (*Elle cherche sur sa table à
toilette.*) Mes boîtes sont toutes renversées.

Quel désordre !... Je ne sais plus ce que je fais... (*Elle cherche plusieurs boîtes, se trompe et se frotte le visage avec de la poudre de charbon.*) Ainsi j'aurai l'air moins agité, plus sentimental, plus poétique !...

SCÈNE XII.

MARCELINE. (*Elle entre avec un coffret à la main.*)

Voilà, mademoiselle, les parures que vous m'avez demandées... (*Regardant Laure.*) Ciel !... mais votre visage...

LAURE (*l'interrompant*).

Ne t'inquiète pas de mon visage, s'il te plaît... donne mon coffret.

MARCELINE.

Mais tout à l'heure vous n'aviez pas la figure en cet état !... M'expliquerez-vous, mademoiselle ?...

LAURE.

Je n'ai rien à expliquer... Je sais ce que j'ai fait... Voyons, donne mes bijoux.

MARCELINE.

Mais, mademoiselle, passez auparavant dans votre cabinet de toilette, je vous en prie... (*Elle prend un linge.*) ou laissez-moi vous essuyer.

LAURE (*impatientée*).

Ne me touche pas !... Je t'ai déjà dit de ne pas t'inquiéter de mon visage... Ce que j'ai fait, je l'ai fait avec intention... (*Elle prend le miroir, se regarde et jette un cri.*) Ah ! Marceline, vois donc... j'ai mis de la poudre de charbon, croyant que c'était de la poudre de riz !

MARCELINE.

C'est ce que je voulais dire tout à l'heure à mademoiselle.

LAURE.

Mais c'est une fatalité !... courons vite réparer cette sottise... Oh ! mon Dieu, mon Dieu !... que de contre-temps !... (*Elle sort avec Marceline.*)

SCÈNE XIII.

BLANCHE. (*Elle arrive sur la pointe des pieds, examine, écoute, regarde s'il n'y à personne dans l'appartement.*)

Il faut convenir qu'il m'a fallu passablement d'adresse pour arriver à mes fins... Dieu ! que de précautions pour n'être aperçue de personne. (*Elle rit.*) Ah !... ah !... ah !... Laure, Marceline et même Louison me croient couchée, endormie... Que de mal je me suis donné !... Aussi je suis parvenue à placer ma Lili, belle comme un astre, dans la voiture qui doit emmener ma sœur au bal... Comme cette chère Laure sera agréablement surprise quand elle verra à ses côtés cette belle demoiselle !... Je voudrais jouir de son bonheur... mais il n'y a pas de crainte que je me montre... Ce que j'ai de mieux à faire pour le moment, c'est de me sauver dans ma chambre... Je saurai bien me deshabiller seule aujourd'hui, et ce sera vite fait encore... Laure rira bien demain quand je lui raconterai tout ce que j'ai fait... Elle m'aime tant, cette chère sœur... Et elle va partir ce soir, sans m'embrasser !... Oh ! je ne voudrais pas qu'elle allât au bal tous les jours... sa toilette lui prend trop de temps, et moi je perds trop de caresses !... Cependant j'aime mieux faire ce sacrifice quelquefois, puisque ça la rend si heureuse !... Allons vite au lit. (*Elle sort en courant.*)

TROISIÈME ACTE.

SCÈNE PREMIÈRE.

(Laure, dont la toilette terminée est toute blanche mais de bon goût, entre avec Marceline.)

LAURE.

Enfin me voici toute prête... Je suis étonnée que mon oncle ne m'ait pas encore fait prévenir. *(Elle regarde sa montre.)* Neuf heures et demie... Il ne saurait tarder... Voyons, Marceline, comment me trouves-tu?

MARCELINE.

Ravissante, mademoiselle... franchement le blanc vous sied à ravir. Consolez-vous de toutes vos vicissitudes... Je vous prédis un succès complet. Votre gracieuse personne, j'ai déjà eu l'honneur de vous le dire, n'a pas besoin de colifichets.

LAURE.

Tes flatteries, Marceline, ne m'empêchent pas de regretter mon brillant costume, ma parure si riche dont la monture avait tant d'éclat!... Que va penser madame la maréchale qui s'était donné elle-même le souci de ma toilette?

MARCELINE.

En deux mots, vous lui direz : Ma robe et ma coiffure sont à Grenoble, mes bijoux parent mademoiselle Lili... il ne m'est resté qu'un costume de Pierrot et mes déceptions, puis cette simple toilette blanche pour ressource suprême.

LAURE.

Oh ! je te l'avoue, ma vanité subit ce soir un échec !...

MARCELINE (*l'interrompant*).

Duquel vous vous consolerez, mademoiselle, en entendant les murmures approbateurs qui vous accueilleront à votre entrée au salon... Vrai, je vous trouve très-bien, dans votre simple robe de mousseline. (*On frappe à la porte.*)

LAURE (*avec empressement.*)

C'est probablement mon oncle qui vient me chercher. (*Marceline va ouvrir et rentre avec un billet à la mai .*)

MARCELINE.

C'est le valet de chambre de monsieur votre oncle. Il m'a remis ce billet pour vous.

LAURE (*avec surprise*).

Mon Dieu ! qu'y a-t-il encore !... je n'ose l'ouvrir,... serait-il malade, ce cher oncle?... (*Elle lit bas, et pousse un soupir de soulagement.*) Ecoute Marceline... (*Lisant.*) Une dépêche m'annonce à l'instant l'arrivée de ta tante. Je dois aller immédiatement à sa rencontre à la gare. Ta cousine Lucienne ne se rendra à la soirée qu'à dix heures ; envoie-la chercher, ou sinon, attends jusqu'à minuit et je t'accompagnerai. (*Parlant.*) Quel bonheur !... revoir ma tante!... Tiens, Marceline, j'ai fort envie d'attendre minuit... je l'embrasserai avant de partir, et tu peux d'ici là me procurer un bouquet.

MARCELINE.

Ce sera comme mademoiselle l'entendra ; mais deux heures et demie d'attente, c'est bien long !... surtout si mademoiselle votre cousine veut aller avec vous...

LAURE.

Tu as raison, Marceline, va toi-même la prévenir, elle passera ici avec sa voiture... En revenant apporte-moi un bouquet bien joli.

MARCELINE.

Si mademoiselle veut me le permettre je lui ferai une observation. L'arrivée de madame votre tante m'oblige de donner des ordres à la maison, où personne ne me remplacera ce soir... Si j'envoyais Louison à ma place ?

LAURE.

Cela vaudrait mieux en effet ; seulement, explique-lui bien l'adresse.

MARCELINE.

Elle ne pourra se tromper, attendu qu'elle va souvent voir, dans la maison même où habite votre cousine, une parente domestique chez l'épicier du rez-de-chaussée.

LAURE.

C'est merveille !...

MARCELINE.

Si mademoiselle écrivait un tout petit

billet à sa cousine,... cela conviendrait peut-être pour la clarté de l'explication.

LAURE.

Ce soir, tu parles d'or, chère Marceline !... je t'obéirai aveuglément. (*Elle va écrire à la table.*)

MARCELINE.

Pourvu que quelque nouvel obstacle ne vienne pas se mettre à la traverse !... Il faut espérer que non... Certes, c'est bien assez comme ça jusqu'à présent !... Nous n'aurons peut-être pas toujours mauvaise chance...

LAURE.

Vois, ma bonne conseillère, ce que je lui dis : (*Lisant.*) « Bonne Lucienne, venez me prendre pour aller au bal. Votre père, vous le savez, doit nous rejoindre à minuit. En passant devant la bouquetière du Palais Saint-Pierre achetez-moi un bouquet ; ma Blanche a mis le mien en pièces. On dit votre toilette si fraîche, si gracieuse et en même temps si riche !... que le temps me dure de vous admirer !... Votre impatiente : Laure...» (*Parlant.*) Va, Marceline, que Louison se hâte, elle a le temps d'arriver avant dix heures. (*Marceline sort avec le billet.*)

SCÈNE II.

LAURE (*seule*).

Marceline a parfaitement raison, elle ne peut absenter ; il faut bien qu'elle prépare l'appartement de ma tante. Oh !... je me repose sans crainte sur son dévouement... Brave et bon cœur !... C'est peut-être sa tendresse pour moi qui l'aveugle au point de me trouver très-bien dans ma si simple toilette... (*Elle soupire tristement.*) Ah ! quelle déception !... C'est vrai que j'ai la parure que tout d'abord j'avais décidée pour ce bal... Sans la maréchale, je n'aurais pas songé à un costume si éblouissant... qui a coûté tant d'argent... et dont je ne profite même pas... Enfin, c'est fait !... J'espère toutefois que nous ferons un bel effet, ma cousine et moi, à notre entrée au salon... Comme mon cœur battra !... Je me sens déjà si émue !... (*S'animant.*) Oh ! il me semble déjà entendre les sons entraînants de l'orchestre... Les lustres, les fleurs, les parures doivent donner le vertige !... Cependant je veux prendre sur moi d'être à l'aise, afin qu'on puisse penser bien de moi.

(*Réfléchissant.*)Ah ! qu'il est difficile, quand on va au bal, de se défendre d'un peu, peut-être même de beaucoup de vanité !... Et la romance que je dois chanter... Serai-je heureuse si elle peut avoir quelque succès !...

SCÈNE III.
(*Marceline entre*).

LAURE (*vivement*).

Eh bien ! Marceline ?...

MARCELINE.

Mademoiselle n'a plus que quelques instants à attendre, sa commission est faite, et mademoiselle Lucienne doit être bien près d'ici.

LAURE.

Louison est-elle revenue ?

MARCELINE.

Mademoiselle votre cousine sera peut-être ici avant elle, car Louison a dû, avant de rentrer, commander chez le rôtisseur différentes provisions pour le retour de madame votre tante.

LAURE.

Sais-tu si mon oncle est parti ?

MARCELINE.

Pas encore, mademoiselle, mais il ne tardera pas.

LAURE.

Je vais l'embrasser avant son départ. (*Elle sort.*)

SCÈNE IV.

MARCELINE (*seule*).

Pauvre enfant!... que j'aurais été peinée de lui voir manquer ce bal qui la rend si joyeuse!... Elle est si bonne, si aimée, qu'on se mettrait en quatre pour lui faire plaisir!... Quel ange de charité!... Il a bien fallu toute la préoccupation d'un premier bal, et toutes les déceptions de ce soir, pour lui fermer l'oreille aux plaintes d'une malheureuse infortunée!... Aussi je ne la reconnaissais pas tout à l'heure. Ah ! puissent les plaisirs ne jamais changer son cœur!... Il faut l'espérer... Mais en attendant je vais aller voir si l'on exécute mes ordres dans l'appartement de madame... Cette chère dame!... que tout soit bien prêt pour la recevoir. (*Elle sort.*)

SCÈNE V.

LOUISON. (*Elle entre essoufflée et s'essuyant le front.*)

Seigneur Jésus !... j'ons-t-y couru !... j'ons-t-y couru !... Marceline m'avions tant pressée... Si elle n'est pas contente, c'est qu'elle sera difficile... Seulement j'ons perdu en route le billet que je devions remettre à Lucienne. (*Elle cherche dans ses poches, dans la bavette de son tablier.*) Oui... il est perdu !... Heureusement que je savions un peu de quoi i retournions ; sans ça, ma fine, ça aurait été joliment de traverse... Mais v'là, je l'i ons dit de venir,... que s'agissions d'accompagner mam'zelle de Saint-Albin au bal chez le maréchalferrant... Je me sommes rappelé de ce nom, à cause que m' n'oncle étions aussi maréchal cheu nous... Pis, j' l'i ons ben recommandé d'apporter en venant le plus gros bouquet qui pourra se procurer... Fallait-y voir c't'air ébahi !... ces yeux étonnés !... Mais j'étions si pressée que je l'i ons pas laissé le temps de faire d'explicances, je l'i ons dit de venir tout de suite... tout de suite.

SCÈNE VI.

LAURE. (*Elle entre précipitamment.*)

C'est vous, Louison. Eh bien ! et Lucienne, l'avez-vous vue ?

LOUISON.

Oui, mam'zelle, encore que je l'i ons parlé...

LAURE.

Va-t-elle venir ?...

LOUISON.

Certainement, mam'zelle, je la croyons déjà là... C'est le bouquet, ben sûr, que la retardions.

LAURE.

J'avais bien peur qu'elle fût partie avant que tu aies pu la voir.

LOUISON.

Oh ! y s'en fallions guère... Elle étions prête à partir... J'sommes arrivée à temps, allez... Si je m'étions amusée tant seulement un brin en route, j' l'aurions manquée, de vrai !...

LAURE.

Allons, tu es une bonne fille ; demain je
te récompenserai... Attends ici, tu vien-
dras m'appeler aussitôt Lucienne arrivée.
(*Elle sort.*)

SCÈNE VII.

LOUISON (*seule*).

C'te Lucienne tarde bien... Elle aura
voulu faire un brin sa toilette, ben sûr !...
ou ben elle ne peut trouver un bouquet assez
gros... J'ons laissé la porte ouverte pour
qu'elle entre sans bruit... Je l'i ons recommandé de parler bas, elle a la voix si quin-
chante !...

SCÈNE VIII.

LUCIENNE (*habits grossiers, tournure guin-
dée, des sabots ; elle porte un énorme
bouquet de fleurs très-ordinaires*).

Me voilà, Louison... Sais-tu que j'ai
manqué ne pas arriver jusqu'à toi ?...

Vraiment !... Et pourquoi ?...

LUCIENNE.

Un domestique, m'ayant vue passer dans l'antichambre, voulait me mettre à la porte.

LOUISON.

Pas possible !...

LUCIENNE.

Ah ! mais, je ne me suis pas laissé intimider... Je lui ai dit poliment que ma cousine Louison m'était venue chercher de la part de mademoiselle, qui avait besoin de mes services.

LOUISON.

A la bonne heure ! Et i t'avions laissé entrer ?.

LUCIENNE.

Il fallait bien tout !... Il a appelé la cuisinière, qui a répondu, en me toisant de la tête aux pieds, que c'était probablement pour les provisions que l'on attendait, vu que j'étais la domestique de l'épicier, et l'on m'a montré cette porte, et je suis entrée sans bruit, comme tu me l'as recommandé.

LOUISON (*avec exclamation, en regardant
le bouquet*).

Oh ! le beau bouquet !... Ousque t' l'avions trouvé ?...

LUCIENNE.

Chez la marchande d'herbes du coin.

LOUISON.

Oh ! ben sûr, mam'zelle voulions ètre
joliment contente... Je vous vite l'appeler.

LUCIENNE.

Attends un tout petit moment... Vrai, ça
me fait quelque chose de parler à une si
grande demoiselle que je n'ai jamais vue...
Vient-elle quelquefois dans la boutique du
patron ?

LOUISON.

Ma fine, j'en savons rien... mais j'croyons
pas... Elle se mélons pas des emplettes du
ménage.

LUCIENNE (*contrariée*).

Vrai, si tu n'avais pas promis pour moi,
j'aimerais mieux m'en aller...

LOUISON.

Allons, nigaude, faut pas t'effrayer !...

Elle te mangera pas !... Ce sera pas la première fois que t'aurions accompagné des
demoiselles au bal... Tu te souviens, l'an-
née dernière, quand m'n'oncle, justement
aussi le maréchal, a marié sa fille; c'est-i
pas toi qu'a z'été chercher les Berlichons
pour la danse du soir?... Et qu'elles étions
belles aussi !... p't'-être plus belles que not'
demoiselle... Elles avions des fichus de soie
rouge, une robe bleue du ciel, des souliers
verts, et des bonnets ous qu'y avait cinq
fois plus d' rubans que dans toute la toilette de mam'zelle Laure.

LUCIENNE.

Ah ! ce que tu vas dire... C'est bien diffé-
rent!... Les Berlichons, je les connais comme
ma poche, tandis que mademoiselle de Saint-
Albin, que je n'ai jamais vue...

LOUISON.

Enfin, qué que ça t' fait, pisqu'on te voulions... C'est pas rien moi que t'avions pro-
posée...

LUCIENNE.

Il faut bien que tu aies parlé de moi pour
qu'on sache mon nom...A propos, dis donc...
on me remboursera bien l'argent de mon

bouquet ?... Tu comprends... je ne suis pas
tant riche.

LOUISON.

C'te bêtise !... Si ça se demande... Mais,
(*l'examinant*) t'aurions ben pu faire un brin
de toilette !...

LUCIENNE.

Si tu crois que la patronne m'en aurait
laissé le temps... elle m'a assez recommandé
de guère rester.

LOUISON.

Allons, reliche-toi z'un peu pendant que
je vais appeler mam'zelle.

LUCIENNE. (*Elle considère ses vêtements et
paraît vivement contrariée.*)

Oh ! pas encore !... Tiens, j'ai envie de
partir... tu diras que je suis malade... Vrai,
ça me fait quelque chose... Franchement, je
préfèrerais accompagner nos dindes aux
champs...

LOUISON.

Y penses-tu ?... faire manquer le bal à
mam'zelle que se faisions tant de joie d'y
aller... (*On entend du bruit.*) Du reste, je
l'entendions venir... Attention, pas d' bê-
tises, s'il te plaît !...

LUCIENNE.

Non, mais pour le premier coup d'œil, je me cache (*Elle s'efface.*)

SCÈNE IX.

LAURE (*Elle entre et voit le bouquet sur la table.*)

Oh! quel bouquet... mais il sent bien fort... D'où sors-tu cela, Louison?...

LOUISON.

Ah ben!... d'chez la marchande d'herbes du coin... Elle en avions pas de plus beau ; vrai!...

LAURE.

Je le crois, et elle t'en a fait cadeau?...

LOUISON.

Faites excuse, mam'zelle, on l'a bien payé... j'savons pas au juste combien.

LAURE (*Elle se retourne et aperçoit Lucienne.*)

Eh bien!... mais... à ces heures... Quelle est cette fille, Louison? est-ce elle qui a apporté ce bouquet?...

LOUISON.

C'est ma cousine pour vous servir, mam'-
zelle... y a ben déjà un petit moment qu'elle
étions là... c'est elle qu'avions pas voulu
que j'allions vous appeler.

LAURE.

Mais... il n'y avait pas de nécessité, Louison !... à moins que ta cousine n'ait quelque chose à me dire... encore, tu sais que
ce soir je n'ai pas le temps de causer... J'attends Lucienne qui ne saurait tarder... En
entendant parler, j'ai cru que c'était elle
qui arrivait.

LOUISON.

Mam'zelle ne s'étions pas trompée... c'est
bien Lucienne... la v'là... Elle étions si ti-
mide que n'osions pas seulement s'appro-
cher.

LAURE (*étonnée*).

Voyons, Louison... perds-tu la tête?...
Qu'est-ce que cette fille me veut?

LOUISON.

C'est ma cousine Lucienne, qui venions
pour ce que vous savez... Marceline l'avions
envoyer chercher tout à l'heure.

LAURE.

Mais pourquoi faire, grand Dieu !...

LOUISON.

Eh pardine ! pour vous conduire au bal !...
(*A Lucienne.*) Approche donc, grande nigaude !... t'restions là comme un cierge pas-
cal, au lieur de faire tes politesses à mam'-
zelle... Allons... offre ton bouquet... et fais-
l'y donc la révérence...

LAURE (*Elle se laisse tomber sur une chaise,
désolée.*)

Ah ! mon Dieu !...

LUCIENNE (*Elle prend le bouquet, l'apporte
à Laure, en lui faisant une grande révérence.*)

Mademoiselle, c'est le plus gros que j'ai
pu trouver et, vrai, c'est trop d'honneur pour
moi de... de vous... d'aller... d'être votre
accompagnement pour le bal, jusque chez
le maréchal-ferrant. (*A part*) Ouf !... que je
voudrais m'en aller...

(*Laure s'essuie les yeux et paraît se
trouver mal*).

LOUISON

Comme mam'zelle est pâle!... j'allons chercher du vinaigre... Vous êtes p't'être trop serrée dans c'te robe?...

LAURE (*reprenant un peu d'énergie*).

Ça ne sera rien, Louison, merci!... (*Elle prend sa bourse et donne un louis d'or à Lucienne.*) Tenez, brave fille, voilà vingt francs pour votre bouquet.

LUCIENNE. (*Elle cherche dans sa poche.*)

C'est que... je n'ai pas de la monnaie pour vous rendre, mademoiselle, il m'a coûté quinze sous.

LAURE.

Gardez tout, le reste sera pour votre peine... Louison, va dire à Marceline de venir, et tu pourras aller te reposer... Je n'ai plus besoin de tes services.

LOUISON (*à Lucienne*).

Eh bien! Lucienne, t'avions peur qu'on n't'remboursions pas ton bouquet... T'y faisions un joli bénéfice! (*Elle sort.*)

LAURE (*à Lucienne*).

Merci, ma fille, vous pouvez vous retirer chez votre maîtresse.

LUCIENNE (*toute joyeuse*).

(*A part.*) Quelle chance!... (*Faisant une grande révérence.*) Sauf votre respect, mademoiselle, j'ai l'honneur de vous saluer. (*Elle sort et emporte le bouquet.*)

SCÈNE X.

LAURE.

Il y aurait de quoi rire, si ce n'était pas si décevant pour moi!... Mes plans échouent les uns après les autres!... Marceline appelle cela : la malice des choses... Eh bien! moi, j'y vois les leçons de la Providence!... Oui, elle veut me montrer l'abîme... Ah! les plaisirs mondains endurcissent bien vite l'âme et l'éloignent de Dieu... Je faisais cette réflexion tout à l'heure... En attendant Lucienne, j'essayais de me recueillir un peu et de réciter ma prière du soir... Impossible!... mon esprit était au bal, mes désirs m'emportaient dans les délices du luxe et de la vanité satisfaite... mes regrets s'égaraient sur une riche toilette, pour me faire oublier l'infortune d'une mère aux abois...

Ah ! la pitié n'a presque plus de place dans un cœur rempli des joies profanes!... (*Réfléchissant.*) Si j'écoutais cet avertissement qui me vient du ciel?... si, au lieu d'aller chercher des regards approbateurs, je me contentais, pour ce soir, des tendres baisers de ma bonne tante... (*Soupirant.*) Pourtant c'est dommage!... ma toilette est toute faite... Et puis, que dira Mme la maréchale?... Allons, du courage!... (*Elle sort ses bijoux d'un air résigné.*) La vie n'est-elle pas remplie de déceptions bien plus amères?...

SCÈNE XI.

MARCELINE. (*Elle entre et voit Laure quitter ses bijoux.*)

Mademoiselle a donc deviné que je viens de rentrer en possession de sa parure tant regrettée?...

LAURE.

Est-ce possible, Marceline?...

MARCELINE.

La charmante Lili, parée ainsi que vous l'aviez pensé, se pavanait dans votre voiture, brûlant d'impatience, sans doute, de partir au bal avec vous... Je lui ai repris vos bijoux, et (*lui montrant la parure*) les voilà... Hâtez-vous, mademoiselle, de passer ces boucles si heureusement retrouvées.

LAURE (*tristement*).

Laisse, Marceline, si tu savais ce qui vient de m'arriver ?

MARCELINE.

Qu'est-ce encore, mon Dieu !...

LAURE.

Quelque chose de bien risible, va !... mais qui ne me porte pas à la gaieté... C'est une seconde édition de la substitution de ma toilette élégante à celle d'un pierrot.

MARCELINE.

Que veut dire mademoiselle ?

LAURE.

Que ta bornée de Louison, au lieu d'aller chercher ma cousine, a tout bravement fait venir une de ses parentes qui se nomme aussi Lucienne, une domestique de l'épicier... Elle est arrivée accompagnée d'un bouquet... oh ! mais d'un bouquet impossible !... et dans un accoutrement !...

MARCELINE.

Quelle fatalité!... Louison, en effet, a une parente, domestique chez un épicier, qui demeure dans la même maison que mademoiselle votre cousine... Ah! je vais lui dire ce qu'elle mérite!...

LAURE.

C'est inutile! Marceline... c'est fait... il n'y a eu aucune mauvaise intention de sa part... Toutes ces tracasseries m'ont mise en tristesse... Je crois que je n'irai pas au bal ce soir.

MARCELINE.

C'est pour plaisanter, mademoiselle?... Vous savez que monsieur votre oncle vous a proposé d'attendre jusqu'à minuit... qu'à cette heure il pourra vous accompagner.

LAURE.

C'est vrai, il est si bon!... Mais écoute, Marceline, toi la confidente discrète de mes pensées... Ne vois-tu pas, comme moi, une permission de Dieu dans le concours des petits événements qui ont traversé ce soir tous mes préparatifs, toutes mes joies?... Crois-tu que je ne comprenne pas mainte-

nant qu'ouvrir ainsi son cœur avec trop
d'empressement aux vanités, c'est le fermer
à la compassion, c'est en chasser le parfum
de la piété !...

MARCELINE.

Mademoiselle sait si je suis capable de
contredire de si bons sentiments... mais ces
réflexions si vraies, vous les ferez demain...
Ne vous privez pas ce soir d'un plaisir si
longtemps désiré... Voici votre parure...
venez, je vais vous la mettre... N'ayez pas
trop de scrupules.

LAURE.

Donne-la, cette parure, Marceline... Quand
bien même j'irais au bal, je ne la mettrai
pas. (*Marceline la lui donne, Laure la dé-
pose sur la table, et dit.*) Oh ! non... quand
je songe que votre valeur représente le bonheur de plusieurs familles !... quand je
compte les larmes que je sécherais avec le
prix que vous avez coûté !... vous pèseriez
trop sur mon cœur !...

MARCELINE.

Mademoiselle voit bien que le plaisir n'é-
touffera jamais sa générosité et la délica-
tesse de ses sentiments...

LAURE.

Qui t'en répond, Marceline?... Et vois, n'ai-je pas déjà renvoyé une pauvre malheureuse sans écouter ses plaintes!...

MARCELINE.

Mais vous aviez résolu d'aller demain lui porter des secours ; ainsi donc...

LAURE (*l'interrompant*).

Ne me tourmente plus, Marceline, je craindrais que tu eusses trop vite raison de ma volonté chancelante... demain il eût été trop tard, peut-être, pour que le secours fût efficace... C'en est fait, je renonce à mon bal...

SCÈNE XII.

BLANCHE. (*Elle entre en courant, elle tient sa poupée, et elle est revêtue d'un bonnet de nuit et d'une camisole, etc...*)

Comment, l'ai-je bien entendu ?... On ne va pas mener ma Lili au bal... (*Montrant sa poupée.*) Et la voilà... tenez... je l'ai trouvée dans la voiture, dépouillée de ses diamants.

LAURE (*effrayée*).

Grand Dieu!... Qui donc a troublé le sommeil de cette enfant ?

BLANCHE.

Personne. Je ne me suis pas encore couchée, voilà tout... Je voulais être sûre que ma Lili irait au bal avec toi.

LOUISON. (*Elle entre effrayée.*)

Mam'zelle Blanche!... mam'zelle Blanche!... Ah!... que va-t-on me dire?... Vous ici !...

MARCELINE (*sévèrement*).

Qu'est-ce que cela signifie, en effet, Louison ?... Pourquoi n'avoir pas exécuté mes ordres à l'égard de cette enfant ?...

LOUISON.

Ah ! je ne m'attendions pas à ça... Vrai !

BLANCHE.

Marceline ne gronde pas Louison ; c'est moi qui n'ai pas voulu aller me coucher, mai j'irai tout de suite. Seulement (*à Laure*) emmène ma poupée au bal.

LAURE.

Mais je n'y vais pas, mignonne.

SCÈNE XIII.

LUCIENNE. (*Elle arrive essoufflée, tenant le bouquet.*)

Ah ! mademoiselle, dans mon empressement à partir tout à l'heure, j'avais oublié de laisser le bouquet. Vous l'avez payé assez cher, vous avez bien le droit de le garder, et je suis revenue en courant... en courant... (*Elle s'essuie le front.*) Et sauf votre respect, si vous aviez besoin de moi, une autre fois, pour vous accompagner au bal et vous choisir un bouquet, ne vous gênez pas ; bien vrai !...

LAURE.

Merci, bonne Lucienne... Grâce au ciel, je suis désillusionnée ; mes pensées prennent un autre cours... Les fêtes et les plaisirs ne pourront plus rien sur mon cœur... Dieu m'en a fait comprendre le danger.

MARCELINE.

Mademoiselle, je suis dans l'admiration pour la générosité de votre sacrifice.

LAURE.

Va!... Dieu réserve à mon sacrifice une bien douce compensation. Oui, je le sens, les bénédictions du pauvre résonneront plus agréablement à mes oreilles que les murmures flatteurs et souvent hypocrites recueillis dans une assemblée mondaine ; je serai plus délicieusement impressionnée en tarissant dans mon âme la source d'amères larmes, qu'en allant me jeter dans le tourbillon de ces fêtes capables de calciner le cœur et d'y détruire le sentiment si suave et si doux de la pitié... Déjà, tu le sais, Marceline, nous l'avons goûté ensemble, plus d'une fois, ce bonheur indicible que verse au plus intime de l'âme l'exercice de la charité chrétienne. Hâtons-nous d'aller encore ce soir en savourer toutes les joies, en portant à notre infortunée mère de famille, avec de cordiales paroles, le secours qui devra l'arracher à la misère et peut-être au déshonneur!... (*Laure et Marceline se disposent à sortir ; pendant ce temps, Blanche, qui a prêté une sérieuse attention aux dernières paroles de Laure, s'avance sur le devant du théâtre, et s'adressant à sa poupée.*)

BLANCHE.

Vois-tu, ma Lili, il faudra toujours imiter ma sœur et préférer, comme elle, l'amour des pauvres à l'amour des plaisirs, quand même ça devrait t'empêcher d'aller au bal. (*Elle embrasse tendrement sa poupée et sort.*)

FIN.

Lyon. — Imprimerie de Félix Girard, aux Hirondelles.

www.ingramcontent.com/pod-product-compliance
Ingram Content Group UK Ltd.
Pitfield, Milton Keynes, MK11 3LW, UK
UKHW022121070726
13613UKWH00003B/1196